EL HOMBRE QUE HIZO VIAJAR AL TIEMPO

Kathryn Lasky

Pinturas de
Kevin Hawkes

Libros Melanie Kroupa

Farrar, Straus y Giroux
Nueva York

Una noche de tormenta

Octubre 22, 1707

La noche era espantosa y fría. Los vientos rugían y olas del tamaño de cerros rompían contra el barco que navegaba.

De pronto se oyó un ruido seco. Un escalofriante golpe. El barco tembló, luego se partió en dos. Se había estrellado contra un arrecife cerca de las islas Scilly, las tierras más lejanas hacia la costa suroeste de Inglaterra. En minutos se hundió. Momentos más tarde, otros tres barcos perforaron sus cascos en las mismas rocas.

En esa brumosa noche murieron cerca de dos mil hombres, muchos de ellos maldiciendo, no a la tierra que los sorprendió, sino a su ignorancia por llevarlos a esas rocas.

Los marineros murieron porque estaban perdidos y ni siquiera lo sabían. A lo largo de la historia, se hundieron barcos y murieron personas porque no había una manera precisa de medir la verdadera ubicación de un barco.

Cuestión de tiempo

Para conocer la posición de un barco en el mar, un marinero necesita saber tanto la latitud como la longitud. La latitud, o posición norte-sur de un barco, es más fácil de encontrar que la longitud, porque se puede medir la altura del sol al mediodía o la altura de la Estrella Polar sobre el horizonte en la noche. Esto muestra qué tan al norte (o al sur) del ecuador está el barco. Pero para fijar su ubicación, el marinero también debe conocer su posición oriente-poniente, o longitud.

La medida de la longitud está relacionada directamente con el tiempo. Cada día, conforme la tierra hace una rotación, gira hacia el este a lo largo de los 360 grados de un círculo, moviéndose 15 grados cada hora (15° x 24 horas = 360°). Cuando el sol alcanza su punto más alto en el cielo, es el medio día de la hora local. Si se pudiera comparar esa hora instantáneamente con la hora en otro lugar, como podría ser el puerto de partida, se podría calcular la distancia oriente-poniente.

Si tan sólo se pudiera embotellar la hora del puerto de partida, se podría llevar a cualquier lugar de la tierra y compararla con la hora local. Entonces se podría conocer la longitud de un barco y el acertijo que durante tantos siglos confundió a los marineros, se resolvería.

¿Pero *cómo* se podría embotellar el tiempo? Una forma obvia de hacerlo es poner un reloj a la hora del puerto de partida. Desafortunadamente, en 1707, ningún reloj, en el mar o en la tierra, podía medir el tiempo con suficiente precisión para ser confiable. El tiempo preciso sencillamente no podía viajar.

Si la diferencia entre el puerto de partida y la hora local es de dos horas, entonces la diferencia en longitud es de 2 x 15°, o 30°, hacia el oriente-poniente del puerto de partida.

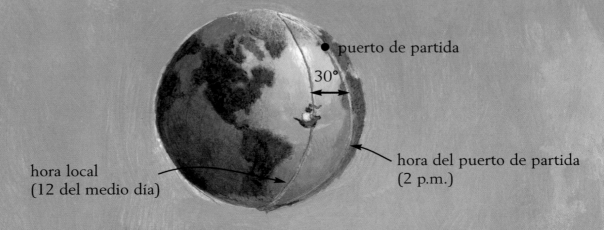

puerto de partida

30°

hora local
(12 del medio día)

hora del puerto de partida
(2 p.m.)

El premio

El país que resolviera el problema de la longitud dominaría en los mares, porque podría controlar el comercio marítimo y ganar grandes riquezas. Siete años después de que se hundieran los barcos ingleses en las Islas Scilly, el Parlamento Inglés decretó el Acta de la Longitud. En ella se ofrecía un premio de 20,000 libras esterlinas (el equivalente a un mínimo de 12 millones de dólares actuales) a quien encontrara un método "práctico y útil" de medir la longitud. Se creó un Consejo de la Longitud constituido por científicos, matemáticos y astrónomos que juzgarían las propuestas.

¡Y así empezó la competencia!

El reloj de Dios: el método de la distancia lunar

Los magníficos científicos y astrónomos del momento creían que sólo existía una respuesta al problema de la longitud, y que ésa se encontraba en las estrellas.

Cada noche la luna cruza el cielo. En su recorrido nocturno pasa por estrellas y planetas. Los astrónomos creían que si pudieran hacer un mapa preciso del recorrido de la luna durante un año y determinar el momento en que pasaba por ciertas estrellas, entonces podrían crear tablas que los marineros utilizarían para medir su longitud. A los astrónomos les gustaba la idea de un reloj celestial. Parecía predecible y confiable, incluso noble y divino, casi como si el estrellado cielo nocturno fuera el reloj de Dios. Como este método para determinar la longitud implicaba medir la distancia aparente entre la luna y las estrellas, se le conoció como el Método de la distancia lunar.

De puntitas y perros sangrantes

Los más distinguidos matemáticos y científicos de esa época creían que el método de la distancia lunar ganaría el premio, pero había problemas con este método. La luna no es visible todas las noches del mes. Incluso cuando lo es, medir la distancia entre la luna y una estrella no es fácil de hacer, particularmente en la cubierta de un barco bamboleante.

Algunas personas que no eran académicos ni científicos, ofrecieron soluciones más extrañas. Un clérigo inglés diseñó lo que llamó el Método de Puntitas, que consistía en hacer un mapa de una fila de estrellas y compararlas con una serie de líneas celestes imaginarias. Propuso su método para medir el tiempo de puntitas, porque tontamente pensó que las estrellas se movían tan rápido que el marinero tendría que correr sobre las puntitas de sus pies para medir la distancia entre ellas y la línea celeste imaginaria.

Otro individuo proclamaba haber descubierto un polvo maravilloso
que curaba heridas a distancia. Él sugirió enviar un perro herido en el
barco, pero conservar algunos de sus vendajes en el puerto de partida.
Cada día a una hora determinada, se espolvorearían los polvos curativos
en los vendajes. Estaba seguro que el perro a bordo del barco ladraría
en ese mismo instante, "diciéndole" al capitán qué hora era en casa.
¿Pero qué pasaría si el perro se curaba? ¿Dejaría de funcionar el "reloj
de ladridos"?

Un hombre llamado John French inventó su propia solución estrafalaria, que requería usar un plato de cobre con una brújula y encender un fuego en la cubierta. No sólo era peligroso (el barco podía arder en llamas) ¡sino que no tenía nada que ver con medir la longitud!

Pero otro hombre tuvo una idea que era mucho más sensata que sangrar perros, correr de puntitas o encender fuegos, y era mucho más sencillo que las mediciones lunares de los astrónomos estudiosos.

Un muchacho curioso

John Harrison tenía veintiún años cuando
se anunció el Premio de la Longitud. Conocía
perfectamente los peligros del mar. El pueblo en
que vivía estaba cerca del agitado puerto de Hull.

De niño era uno de los que tocaba la campana
en la iglesia de Barrow. Su sentido del oído era tan
bueno que le pidieron que afinara las campanas
de la iglesia. Tiempo después también afinaba las
campanas de la iglesia vecina.

Pero las campanas sólo eran el pasatiempo de
John Harrison. Su verdadero trabajo, como el de su
padre, era la carpintería. Conocía de maderas y de
matemáticas sencillas. Las sabía por experiencia, no
por haber recibido una educación formal.

John sentía curiosidad por saber cómo funcionaban las cosas. Cuando un visitante le prestó un libro de matemáticas y las leyes del movimiento de Isaac Newton, John copió cada una de las palabras. Pero también le gustaba descubrir las cosas por sí mismo. Así que probó los principios básicos del movimiento de Newton.

¿Rodaría cuesta abajo una pelota pesada más rápido que una pelota ligera? ¿Adquiere más velocidad la pelota conforme rueda por la colina? Si el badajo de una campana fuera más corto o si pesara más, ¿se mecería más rápidamente?

John Harrison probó cada uno de los principios por sí mismo.

De campanas a relojes

John Harrison se empezó a dar cuenta de que las campanas y los relojes de péndulo funcionan de forma muy parecida: el vaivén de una campana marca el paso del tiempo tal como un péndulo regula el movimiento de un reloj. Decidió construir un reloj. Quizá se interesó en construir relojes porque podía combinar su pasatiempo, las campanas, con su verdadero trabajo, la carpintería. Sin embargo, algunas personas se burlaron de la idea de que el hijo de un carpintero pudiera construir un reloj.

Los relojes no eran comunes y se hacían de materiales valiosos como el latón. John no podía costearse el latón, así que principalmente utilizó madera. Hizo los engranes más grandes de roble, y para los más pequeños y los ejes utilizó madera de boj. Terminó su primer reloj a la edad de veinte años. En los siguientes cuatro años construyó otros dos relojes de péndulo. Al crecer su reputación, lo contrató un terrateniente adinerado para que le construyera un reloj en la torre de su nuevo establo. Creó un notable instrumento de relojería que mostraba la hora precisa desde su elevada ubicación; las ruedas y engranes estaban escondidos entre las vigas, compartiendo el espacio con los pichones que se reposaban en la torre.

Con cada reloj John Harrison realizó mejoras. Empezó a usar una madera muy dura llamada lignum vitae, que tenía sus propios aceites naturales, por lo que no necesitaba lubricar sus relojes.

Los cambios de temperatura eran los enemigos del registro del tiempo. En climas muy cálidos los relojes se hacían más lentos y en climas fríos se aceleraban. Harrison diseñó un péndulo en el que colocó barras de cobre y acero formando una red, que se expandían con el calor y se contraían con el frío en diferentes cantidades para compensar uno al otro, y por eso se llaman péndulos de compensación.

La fricción, cuando hay rozamiento entre dos superficies, es otro enemigo de la medida precisa del tiempo. Para evitar la fricción, Harrison inventó un nuevo tipo de escape. El corazón que late en todo reloj, su escape, proporciona el impulso que mantiene al péndulo en movimiento. A diferencia de otros diseños, el de Harrison, en vez de deslizarse, saltaba como un grillo, por lo que evitaba la fricción.

El intrincado bosque mecánico de engranajes de John Harrison nunca se brincó ni un segundo en un mes completo de pruebas.

Un reloj marino

Como otros en su generación, John Harrison se cuestionaba el problema de la longitud. Estaba convencido de que la solución era un reloj que pudiera medir el tiempo en el mar, un reloj en el que pudiera viajar el tiempo, viajar sin perder un segundo por la humedad, el aire salado, los cambios de temperatura o los mares tormentosos, un reloj lo suficientemente preciso para calcular la longitud. En vez de usar un péndulo, porque no funcionaría en un mar en movimiento, diseñó pesas ligadas en subibaja, como una pareja bailando, con hilos de acero enroscados a los que llamó resortes de gusano. Libres de gravedad, se mecerían de manera constante, sin importar cuánto se enfureciera el mar.

Harrison soñaba con engranes y espirales. Soñó y trabajó muchos años en sus planes. En 1730 fue a Londres a presentar sus dibujos y diagramas al Consejo de la Longitud, el grupo encargado de otorgar el premio. Esperaba obtener suficiente dinero para construir su reloj.

Cuando llegó a Londres, sin embargo, parecía que el Consejo se había esfumado. Persistente, buscó a Sir Edmund Halley, el Astrónomo Real del Observatorio de Greenwich. Halley quedó impresionado con sus dibujos y lo envió con George Graham, el más famoso constructor de relojes de Londres. Graham también quedó impresionado y consiguió suficiente dinero para construir el reloj marino. John Harrison regresó a Barrow para ponerse a trabajar.

Cinco años más tarde, después de cientos de dibujos y miles de horas de cortar delicadamente engranes de madera y de tallar partes metálicas, John Harrison terminó su primer reloj marino, al que ahora se le llama H1.

Pero en 1735 cuando lo presentó a los académicos de la *Royal Society*, fruncieron la vista y murmuraron entre sí. El H1 no se parecía a ningún reloj. Medía cerca de 60 cm de altura y pesaba alrededor de 34 kg, brillaba y relucía con sus barras de latón y extrañas espirales, perillas, saetas, bolas y curiosos resortitos. Las pesas gemelas con sus resortes de gusano se mecían hacia un lado y hacia el otro de manera muy similar al bamboleo de un barco. Algunos dicen que el reloj incluso se parecía a un barco. No tenía velas ni timón, pero parecía estar listo para navegar, navegar en cualquier mar.

Un año más tarde, el Consejo organizó un viaje de prueba a Lisboa, Portugal, para Harrison y su reloj. A lo largo de todo el viaje, el reloj apenas perdió un segundo. Harrison, sin embargo, perdió sus desayunos, comidas y cenas; se pasó los días asomado por la borda del barco, vomitando. Debe haber envidiado a su reloj marino y deseado contrapesos para su propio cuerpo.

Simplemente muy sencillo

El reloj marino pasó su prueba. El Consejo de la Longitud, que no se había reunido en más de veinte años, convocó a una junta. Los miembros deseaban cuestionar a John Harrison y examinar su reloj.

Pero Harrison era un perfeccionista. Cuando se reunió con el Consejo, habló sólo de las mejoras que deseaba hacer, y solicitó más dinero para diseñar un reloj nuevo. El Consejo estuvo de acuerdo en proporcionarle los fondos para que pudiera seguir trabajando, pero los miembros se preguntaban si un objeto hecho por el hombre, un aparato mecánico dentro de una caja, podría en verdad decirle a un capitán dónde estaba ubicado su barco dentro del vasto océano. Parecía demasiado sencillo, especialmente cuando se le comparaba con la medición por las estrellas. No era el reloj celestial del Método de la distancia lunar y John Harrison no era un profesor universitario ni un científico. Para el Consejo, la idea de que un relojero pueblerino resolviera el problema de la longitud parecía tan ridícula como un charlatán con sus polvos curativos y un perro sangrante.

Otro reloj

John Harrison se fue a vivir a Londres, en donde pasó dos años más construyendo otro reloj marino. El H2 era más alto y angosto, por lo que no ocupaba tanto espacio como el H1, pero era más pesado, ya que sus engranes estaban hechos de latón en vez de madera. Barras de equilibrio contrarrestaban el vaivén de un barco. Y este reloj funcionaba mejor en temperaturas cambiantes. El H2 también tenía un nuevo dispositivo llamado resonador que le permitía darse cuerda solo cada determinados minutos. Esto aumentó su precisión.

Se le hizo toda prueba imaginable al H2. Lo calentaron, enfriaron, sacudieron y zangolotearon. Y el H2 seguía marcando el tiempo perfectamente. Sin embargo, este segundo reloj marino nunca se probó en el mar. Quizá Harrison percibió una ligera falla en la barra de equilibrio. O quizá vio algún otro pequeño error que todo mundo había ignorado. Para Harrison, sólo la perfección era suficientemente buena. Por lo que decidió hacer un tercer reloj marino.

Un tercer reloj

Durante casi veinte años John Harrison
trabajó, batalló, y laboró en el H3, su
tercer reloj marino. Inventó una especie
de termostato nuevo al que llamó tira
bimetálica que permitía que el reloj se
ajustara a los cambios de temperatura.
Reemplazó los contrapesos de balance
por ruedas de balance. En todos sentidos,
el H3 era su reloj más complicado. Tenía
753 partes diferentes. Pero hasta el
momento, era su reloj más pequeño y
ligero.

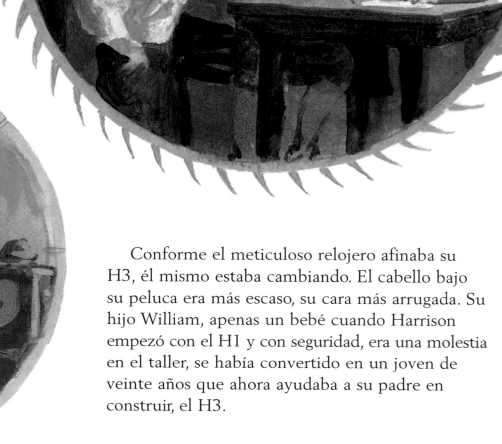

Conforme el meticuloso relojero afinaba su
H3, él mismo estaba cambiando. El cabello bajo
su peluca era más escaso, su cara más arrugada. Su
hijo William, apenas un bebé cuando Harrison
empezó con el H1 y con seguridad, era una molestia
en el taller, se había convertido en un joven de
veinte años que ahora ayudaba a su padre en
construir, el H3.

Aunque el H3 era esbelto y bello, nunca fue probado en el mar al igual que el H2. Ni tampoco llevaba el tiempo tan precisamente como John Harrison esperaba. De hecho, estaba tan decepcionado, que a pesar de tantos años de trabajo, sintió que tenía que inventar un reloj completamente *nuevo*.

El tiempo se acaba

Para John Harrison mismo, el tiempo se estaba convirtiendo en un problema: se le estaba acabando. A los sesenta, estaba cansado de su trabajo en el H3, pero no demasiado para diseñar un nuevo reloj de bolsillo para sí mismo. Como no tenía las habilidades de un relojero, le pidió a John Jeffreys, un colega, que se lo hiciera.

Era un relojito perfecto, y lo admiró mucho. Luego se le ocurrió una idea. ¿Se podría hacer un reloj de bolsillo lo suficientemente preciso para usarlo en un barco? Mientras más consideraba John Harrison la posibilidad, más lógico le parecía.

Empezó a trabajar en su nuevo reloj en 1755. Cuando lo terminó, el H4 medía 12.5 cm de ancho, apenas un poco más grande que un reloj de bolsillo típico, y pesaba un kilo y medio. Su tranquila carátula blanca estaba encajada en dos deslumbrantes conchas de plata decoradas con frutas y hojas. Bajo esa carátula había un mundo de rueditas miniatura y joyas finamente cortadas, diamantes y rubíes, que hacían que todas las piezas giraran suavemente.

En 1760 John Harrison solicitó al Consejo de la Longitud una prueba en el mar para el H4. Aceptaron. Poco después, William, el hijo de John, se encontraba en un barco con destino a Jamaica. En el viaje de regreso el clima estuvo tan tormentoso que tuvo que envolver el H4 en mantas y sostenerlo como a un recién nacido para protegerlo de los furiosos mares. Pero siguió funcionando. Después de 147 días en el mar, el error del H4 era de un minuto y 54 segundos, un logro notable para cualquier reloj en una época en la que incluso en tierra firme, un reloj podía tener errores de varios minutos.

Un enemigo de los relojes

Habían pasado cerca de cincuenta años desde que se
había decretado el Acta de la Longitud y se había ofrecido
el premio. El H4 debería ganarlo en cuanto William regresara
a Inglaterra. Se habían cumplido todos los requisitos, pero
de pronto se cuestionó la confiabilidad del H4. ¿Había sido
la prueba una casualidad? ¿Se podría repetir el desempeño?
Se ordenaron nuevas pruebas para el H4. Un miembro del
Consejo de la Longitud era el principal responsable de estas
pruebas. Se llamaba Nevil Maskelyne.

Nevil Maskelyne creía absolutamente en el método de la
distancia lunar. Como astrónomo real insistía en que era
la única solución práctica al problema de la longitud. Pensaba
que mecanismos móviles en cajitas no eran confiables y que
era imposible que relojes de bolsillo pudieran resolver problemas matemáticos y astronómicos. A pesar de que el H4
había superado todas las pruebas con bombo y platillo,
Maskelyne se refería a John Harrison como "un simple
mecánico". Se llevaría el H4 y los demás relojes de Harrison al
Observatorio Real en Greenwich y allí los probaría él mismo.

Debe haber sido doloroso para John Harrison ver a Nevil
Maskelyne llevarse los relojes que habían marcado el tiempo
serenamente en su taller durante treinta años. No acababa
de llegar a su privado cuando escuchó un terrible ruido. ¡El
H1 estaba hecho añicos! Uno de los trabajadores de Maskelyne
lo había dejado caer.

Bajo la mirada crítica de Maskelyne, el H4, que había
sobrevivido dos viajes en el mar perdiendo sólo dos minutos,
falló la prueba miserablemente. Pero las condiciones de las
pruebas eran menos que ideales. No sólo colocaron al H4 bajo
los rayos directos del sol, en donde tuvo que soportar un calor
agobiante, sino que también lo pusieron bajo la supervisión de
viejos marinos retirados, tan débiles que con trabajos podían
subir la colina del Observatorio Real. Maskelyne anunció al
mundo que "el reloj no era confiable". Así que el Consejo le
ordenó a Harrison que hiciera todavía un reloj más.

El relojero y el rey

El H5 fue muy sencillo. No tenía hojas ni flores en su carátula como el H4. Al acercarse a sus setenta y nueve años, quizá John Harrison pensó que no tenía tiempo para tales elegancias. La vista le fallaba, le molestaba la gota.

El reloj cumplió todos los requisitos del Acta de la Longitud, pero aún el Consejo no le daba el premio. ¿Cuánto tiempo le quedaba a un hombre tan viejo? Sólo había una alternativa: hablar con el rey.

Y eso hizo. En enero de 1772, su hijo William le presentó el caso al rey Jorge III. "Estas personas han sido tratadas con crueldad," dicen que el rey murmuró una vez que William terminó de relatar su historia. Dicen que también exclamó: "¡Por Dios, Harrison, veré que se le haga justicia!"

Se organizó un juicio en la cámara privada del rey. Al principio el reloj se comportó de forma extraña. Luego se descubrió que en un armario cercano había unas piedras magnéticas llamadas magnetitas, que afectaban las partes metálicas del reloj. Tan pronto como la magnetita fue retirada, el H5 se desempeñó sin ningún problema.

Finalmente, el 21 de junio de 1773, un Acta del Parlamento otorgó a John Harrison el remanente del dinero del premio que se merecía. Aún así, el Consejo de la Longitud *todavía* se negó a nombrarlo el ganador oficial del premio. De hecho, el tan anhelado premio de la Longitud nunca fue otorgado a nadie oficialmente.

Un héroe para siempre

El tiempo viajó muy bien en los relojes de John Harrison. Gracias a ellos, grandes exploradores como el capitán James Cook pudieron ubicar su longitud en todos los océanos del mundo. Harrison se convirtió en un héroe no sólo de los relojeros, sino también de los soñadores y personas comunes en todas partes que aprendieron haciendo y desafiando. No fue el reloj celestial de los astrónomos universitarios, y su fe ciega en las estrellas, lo que le permitió a los británicos gobernar los mares y finalmente crear el Imperio Británico. En cambio, fue un reloj hecho por un hombre de un agreste pueblo norteño, un hombre que nunca asistió a una gran universidad, un tañedor de campanas, un hombre que conocía la madera, las leyes del movimiento y cómo afinar una campana, un carpintero, un inventor y, más que nada, un relojero.

Los relojes H1, H2, H3 y H4 están actualmente expuestos en el Museo Marítimo Nacional en Greenwich, Inglaterra. El H5 se puede ver en el Museo de los Relojeros en Guildhall, Londres.

H5
Similar al H4, pero sin decoraciones.
Terminado en 1772 — edad de Harrison: 79 años

H4
Mide 12 cm de ancho, pesa un kilo y medio.
Se ve como un reloj de bolsillo grande, y hermosamente decorado.
Usa joyas como cojinetes para reducir la fricción.
Terminado en 1759 — edad de Harrison: 66 años

H1
Mide 62.5 cm, pesa 34 kg.
Engranes hechos de madera.
Tiene balanzas de subibaja y resortes gusano.
Terminado en 1735 — edad de Harrison: 42 años

H2
Mide 65 cm, pesa 39 kg.
Engranes hechos de latón.
Tiene un nuevo tipo de resonador
    (un dispositivo que mantiene al reloj
    funcionando mientras se le da cuerda).
Terminado en 1739 — edad de
Harrison: 46 años

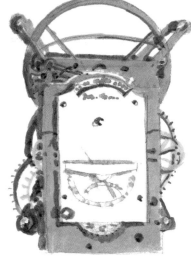

H3
Mide 57.5 cm, pesa 27 kg, tiene 753 partes diferentes
    (ocupa menos de un tercio del espacio que el H1).
Reemplaza las barras de balance con balanzas circulares
    unidas por cintas de metal.
Tiene tiras bimetálicas y un cojinete giratorio (antecesor
    del rodamiento actual).
Terminado en 1757 — edad de Harrison: 64 años

Nota de la autora y agradecimientos

Hace casi treinta años, mi esposo, Christopher Knight, y yo, cruzamos el Atlántico en un pequeño velero. En ese entonces los Sistemas de Posicionamiento Global no estaban disponibles para la población civil. Navegamos a través del océano Atlántico, de Boston, Massachussets en Estados Unidos, a Falmouth, Inglaterra, por medio del sol y las estrellas, usando sólo un sextante y un cronómetro. Y funcionó. Nuestros avistamientos del sol tenían la precisión suficiente; nuestros cronómetros nunca fallaron más de una fracción de segundo. Encontramos nuestro camino a Inglaterra y de regreso.

Lo que resultaba increíble para mí es que marineros tan recientes como los del principio del siglo dieciocho no hubieran contado con algún medio comparable de navegación. Sin conocer la longitud, podían estar perdidos tan pronto como dejaban de ver tierra firme.

Un mes después de que llegamos a Inglaterra visitamos el Museo Marítimo Nacional en Greenwich y vi por primera vez los maravillosos aparatos de John Harrison, que hoy se conocen como cronómetros. A excepción del H4, eran inmensos comparados con el pequeño cronómetro que teníamos a bordo de nuestro velero, sin embargo, sabía que hacían el mismo trabajo. Por alguna razón, esto me dio una profunda alegría y satisfacción; una sensación de continuidad histórica con la era de los grandes navegantes y la exploración marítima de héroes tales como el Capitán James Cook.

Muchos años más tarde, cuando decidí escribir un libro sobre John Harrison, mi esposo y yo regresamos a Inglaterra (en avión, no en velero) y pasamos varios días en Greenwich examinando los mismos bellos y complicados relojes. Estoy eternamente en deuda con William J. H. Andrewes, ex curador David P. Wheatland de la Colección de Instrumentos Científicos Históricos de la Universidad de Harvard, editor de *La búsqueda de la longitud*, y coautor de *La longitud ilustrada*, por su cuidadosa lectura de mi manuscrito y sus pacientes explicaciones. También quisiera agradecer a Jonathan Betts, Guardián de Relojería en el Museo Marítimo Nacional en Greenwich, por el tiempo que generosamente me dedicó explicando los principios mecánicos y físicos de los cronómetros de Harrison, H1, H2, H3, H4 y H5. Además, mi esposo y yo viajamos a la finca del Conde de Yarborough, en donde los relojes de madera de Harrison siguen dando la hora en la torre del establo. Estamos muy agradecidos con el señor Raymond, guardián del reloj, por explicarnos su mecanismo, que ha seguido marcando el tiempo maravillosamente durante 280 años.

Este libro representó un enorme reto para mí, ya que las matemáticas y la física no son mi fuerte. Estoy en deuda con mi esposo por ayudarme a entender, con innumerables diagramas y pacientes explicaciones, muchos conceptos difíciles.

Finalmente, debo decir algo sobre John Harrison mismo. Lo que me hace admirar a este hombre es su persistencia, su dedicación total a su trabajo. En él encontró una nobleza que no necesitaba premios. Para mí ese es el símbolo del verdadero genio.

—K.L.

Kathryn Lasky, merecedora de importantes reconocimientos, ha recibido el Premio del Libro Infantil del *Washington Post* por su contribución a la literatura infantil de no ficción y el Premio Burroughs por sus libros para niños sobre la naturaleza.

Kevin Hawkes, destacado por su ingenio y creatividad, ha ilustrado diversas obras literarias y ha sido galardonado en numerosas ocasiones. Compartió con Lasky una mención especial del School Library Journal por la biografía ilustrada *The Librarian Who Measured the Earth*.

Bibliografía

Kathryn Lasky:

Andrewes, William, J. H., ed. *The Quest for Longitude*. Cambridge, Mass.: Collection of Historical Scientific Instruments, Harvard University, 1996.

Betts, Jonathan. *John Harrison*. London: National Maritime Museum, 1993.

Coleman, Satis N. *Bells: Their History, Legends, Making and Uses*. New York: Rand McNally, 1971.

Ellacombe, Henry Thomas. *Practical Remarks on Belfries and Ringers*. London: Bell and Daldy, 1860–61.

Landes, David S. *Revolution in Time*. Cambridge, Mass.: Harvard University Press, 1983.

Lankford, John, ed. *History of Astronomy: An Encyclopedia*. New York: Garland, 1997.

Macey, Samuel L., ed. *Encyclopedia of Time*. New York: Garland, 1994.

Peinkofer, Karl, and Fritz Tannigel. *Handbook of Percussion Instruments*. New York: Schott, 1969.

Sobel, Dava. *Longitude*. New York: Walker, 1995.

Sobel, Dava, and William J. H. Andrewes. *The Illustrated Longitude*. New York: Walker, 1998.

Taylor, Henry W. *The Art and Science of the Timpani*. London: John Baker, 1964.

Tufts, Nancy Poore. *The Art of Handbell Ringing*. New York: Abingdon Press, 1961.

Kevin Hawkes:

Andrewes, William J. H., ed. *The Quest for Longitude*. Cambridge, Mass.: Collection of Historical Scientific Instruments, Harvard University, 1996.

Hansen, H. J. *Art and the Sea Farer*. New York: Viking Press, 1968.

Lippincott, Kristen. *A Guide to the Old Royal Observatory: The Story of Time and Space*. Greenwich, England: The National Maritime Museum, [n. d.].

Nicolson, Benedict. *Joseph Wright of Derby, Painter of Light*. New Haven: Yale University Press, 1971.

Paulson, Ronald. *Hogarth: His Life, Art and Times*. New Haven: Yale University Press, 1971.

Quill, Humphrey. *John Harrison*. London: John Baker, 1966.

Sobel, Dava, and William J. H. Andrewes. *The Illustrated Longitude*. New York: Walker, 1998.

Para Chris, quien me hace llegar
—K.L.

Para Larry, Robin, Sarah, y Nathaniel

Y con todo agradecimiento para Will Andrewes por sus reflexivos comentarios y sugerencias y a Kathryn Lasky y Christopher Knight por sus fotografías de los sitios y material de referencia
—K.H.

Notas de las ilustraciones

Interiores: muestran el revolucionario reloj de Harrison, H4, de cara (izquierda) y placa posterior (derecha).

Esta página y la anterior: Los cuatro diseños de los bordes con los que Harrison consideró para el H4. Eligió el que aparece en la parte inferior.

Derechos del texto © 2003 por Kathryn Lasky
Derechos de las ilustraciones © 2003 por Kevin Hawkes
Primera edición en español, 2004, por
Ediciones Destino
© 2004 Editorial Planeta Mexicana, S. A. de C. V.
Insurgentes sur 1898, piso 11
01030 México, D. F.
Todos los derechos reservados
Traducción: Adriana de la Torre Fernández

ISBN 970-37-0112-4